Peter Turrini
Ein paar Schritte zurück

Gedichte

Herausgegeben
von Silke Hassler

Suhrkamp

Ein paar Schritte zurück erschien erstmals 1980.
Für die vorliegende Ausgabe wurde der Band vom Autor überarbeitet und um über 30 Gedichte erweitert.

Umschlagfoto: Peter Turrini

suhrkamp taschenbuch 3389
Erste Auflage 2002

Druck: Druckhaus Nomos, Sinzheim
Printed in Germany
Umschlag: Göllner, Michels, Zegarzewski
ISBN 978-3-518-39889-0

3 4 5 6 7 8 – 12 11 10 09 08 07

Ein paar Schritte zurück

I.

Es hat ganz einfach angefangen

Ist diese Müdigkeit
die mich plötzlich überfällt
der Mantel über alle Tränen
meiner Kindheit?

Sind diese Schmerzen
die mich quälen
eine Aufforderung
noch einmal
zurückzugehen?

Ist diese Gleichgültigkeit
die ich spüre
wenn andere leiden
die Angst davor
zu ihnen zu gehören?

Ich halte mich
mit aller Gewalt
gegen mich selbst
aufrecht.

Als Jugendlicher
stemmte ich manchmal
einen Sessel
mit den Zähnen hoch
in der Hoffnung
daß meine Schwächen
von so viel Stärke
widerlegt werden.

Heute stemme ich
mangels guter Zähne
keine Sessel mehr.
Die Art aber
Stärke zu zeigen
damit die Schwäche
übersehen wird
ist geblieben.

Wie lange noch
werde ich alles hinunterschlucken
und so tun
als sei nichts gewesen?

Wie lange noch
werde ich auf alle eingehen
und mich selbst
mit freundlicher Miene
vergessen?

Wie lange
müssen sie mich noch schlagen
bis dieses lächerliche Grinsen
aus meinem Gesicht fällt?

Wie lange noch
müssen sie mir ins Gesicht spucken
bis ich mein wahres
zeige?

Wie lange
kann ein Mensch
sich selbst nicht lieben?

Es ist so schwer
die Wahrheit zu sagen
wenn man gelernt hat
mit der Freundlichkeit
zu überleben.

Das Nein
das ich endlich sagen will
ist hundertmal gedacht
still formuliert
nie ausgesprochen.

Es brennt mir im Magen
nimmt mir den Atem
wird zwischen meinen Zähnen zermalmt
und verläßt
als freundliches Ja
meinen Mund.

Die Geschichte
welche meine Mutter
immer wieder erzählt
lautet:

Unsere Wohnung wurde zerbombt.
Sie ging mit den Kindern aufs Land.
Wir wurden bei einem Bauern einquartiert.
Der Vater wurde in den letzten Kriegstagen eingezogen.
Er desertierte und versteckte sich im Wald.
Sie machte sich mit dem älteren Bruder
auf die Suche nach dem Vater.
Sie mußte mich beim Bauern zurücklassen.
Der Bauer gab mir unabsichtlich vergiftete Milch.
Ich wurde schwer krank und kam in ein Provinzspital.
Nach sechs Wochen holte sie mich dort wieder ab.

Ich war rund und gesund.
So schlimm kann das Ganze
nicht gewesen sein.
Sagt sie.

Es hat ganz einfach angefangen.
Irgendwo bin ich in einem Zimmer gelegen
und habe geschrien
in der Hoffnung
daß jemand kommt.

Es ging ganz einfach weiter.
Irgendwann hörte ich auf zu schreien
und habe so getan
als würde es mir nichts ausmachen
daß niemand kommt.

Es geht ganz einfach weiter.
Irgendwie habe ich mir angewöhnt
auf alle Schmerzen
so zu reagieren als ob.
Als ob mich das alles nicht betreffen würde.

Es geht ganz einfach nicht mehr weiter.

Ich rufe einen bekannten Psychiater an
und frage ihn nach Behandlungsmethoden
bei seelischen Verdüsterungen.

Er stellt mir Fragen
und fordert mich auf
zu einem persönlichen Gespräch
in seine Praxis zu kommen.

Ich antworte ihm
es handle sich nicht um mich
sondern um eine erfundene Figur.
Mein Interesse sei
rein literarischer Natur.

Stückeschreiben
ist ein interessanter
Vorgang.

Man versteckt sich
hinter den anderen
und verweist
auf deren Unglück.

Bis das Spiel
aus ist.

Beim Durchsehen der alten Photos
fällt mir auf
daß alle Abgebildeten
lächeln.

Die ganze Familie
steht vor der Baracke
in der es kein Wasser
und kein Klo gab
und lächelt.

Das liegt am Vogerl.
Im Augenblick des Photographiertwerdens
springt ein Vogerl aus der Linse
und sagt:
Nicht bewegen.
Lächeln.

Nach dem Kriege
roch es in unserer Baracke
nach Omo und Urin.
Der Klokübel stand in der Küche
aber nur der Vater
durfte ihn benutzen.
Die Kinder
können ja hinaus in den Hof gehen.
Sie müssen sogar in den Hof gehen
wenn der Vater auf den Kübel gehen muß.

Mein älterer Bruder
schlief auf einem Notbett
hinter einer Bretterwand.
Mein jüngerer Bruder und ich
schliefen mit den Eltern
in einem Raum.
Manchmal erwachte ich durch ein Geräusch.
Es klang wie Jammern und Reiben.
Wie Weinen und Stoßen.
Wie Keuchen und Drücken.
Es wurde immer heftiger
und erfüllte den dunklen Raum.

Es klang als würde mein Vater schlagen.
Es klang als würde meine Mutter erschlagen.
Dieser Kampf endete mit einer plötzlichen Stille.
Ich hielt den Atem an
und drückte die Hand auf meine Brust.
Das laute Pochen meines Herzens
durfte mich nicht verraten.

Die Kindheit
ist ein schreckliches Reich.
Die Hände
die dich streicheln
schlagen dich.
Der Mund
der dich tröstet
brüllt dich an.
Die Arme
die dich hochheben
erdrücken dich.
Die Ohren
die dir zuhören
verstehen alles falsch.
Die Decke
die dich wärmt
gehört deinem älteren Bruder.
Die Wand
der du ein farbiges Zeichen von dir gibst
wird einmal im Jahr übermalt.
Der Satz
den du endlich sagst
ist kindisch.

Wenn du mit deinen Sätzen und Zeichen
woanders hingehen willst
dann heißt es
das geht die fremden Leute nichts an.
Wohin soll ich gehen
wenn die eigenen Leute
so fremd zu mir sind?

Ich gehe nirgendwohin.

Was ich mir wünsche:
Daß er mich an der Hand nimmt.
Daß er mit mir zum Bauern Milch holen geht.
Daß er in der Kirche neben mir sitzt.
Daß er sich mitten unter die Bauern setzt
und auf den Tisch haut.
Daß er zum Elternsprechtag geht.
Daß er mir antwortet
wenn ich ihn etwas frage.
Daß ich einen Vater habe
den ich herzeigen kann.

Mein Vater war ein Italiener.
Er sprach wenig.
Ging nie fort.
Sperrte sich in seine Werkstätte ein
und schnitzte Barockstühle und Madonnen.
Selbst in der Heiligen Nacht
wenn alle Bauernkinder an der Hand ihrer Väter
zur Christmette gingen
blieb er in der verschlossenen Werkstatt
und arbeitete.

Was ich mir noch immer wünsche:
Daß ich ihn endlich treffe.

In der Nebenbaracke
wohnte eine dicke Frau
mit der niemand redete.
Der Franzose würde bei ihr
ein- und ausgehen.

An einem Hochsommertag
stand sie an ihrem Fenster
fächelte sich Luft zu
lächelte mich an
und machte mir ein Zeichen.
Obwohl es verboten war
ging ich zu ihr.

Ich durfte mit ihr
mutterspielen
und meinen Kopf
auf ihren Busen legen.
Durch ihre halbgeöffnete Bluse
sah ich ihre Busenhügel
und den Spalt dazwischen
durch den der Schweiß rann.

Ich versuchte ihn
aufzulecken
doch sie schob mich
sanft von sich.

Die Sucht danach
ist geblieben.

Nach dem Kriege
erschoß sich unser Nachbar
Herr Hudelitz
mit einem
Schlachtschußapparat.

Der Gemeindesekretär
Herr Fischer
erhängte sich
neben einem
Hitlerbild.

Auf meine Fragen
antwortete meine Mutter
ich sei noch zu klein
um das zu verstehen.

Monatelang
hatte ich Angst
daß sich meine Mutter
und mein Vater
demnächst erhängen
und erschießen
würden.

Aus meinem Schulheft
Jahrgang neunzehnhunderteinundfünfzig
zweite Klasse Volksschule
Diktat:

Der Krieg hat vieles zerstört
was uns hoch und heilig war.
Unsere Ideale
und unsere Häuser
lagen in Trümmern.
Doch wir verzagten nicht.
Mit frohem Mut
und fleißigen Händen
machten wir uns
an den Wiederaufbau.
Heute sind wir wieder stolz
auf unser Heimatland.

Fehler: Null.
Äußere Form der Arbeit: Eins.

Über meinem Bett
hing das Bild
eines Schutzengels.

Ein kleines Kind
ging über eine schmale Brücke
unter der ein reißender Bach floß.
Ein drei Meter großer Schutzengel
mit riesigen Flügeln
und ausgebreiteten Armen
schwebte hinter ihm.

Es hieß
man darf sich nicht umdrehen
sonst verschwindet
der Schutzengel.

Ein so großer Schutzengel
kann unmöglich
so schnell verschwinden.

Ich übte
das blitzartige Umdrehen.
Aber so schnell ich auch war
der Schutzengel
war immer schneller.

Im Schlafzimmer
wurde nur eingeheizt
wenn ich Husten hatte.

Tagsüber im Bett liegen
durfte ich nur
mit Fieber.

Etwas Feines zum Essen
bekam ich ausschließlich
bei Durchfall.

Das schönste Leben
und die größte Aufmerksamkeit
dachte ich immer
haben die Todkranken.

Mein jüngerer Bruder
saß auf meinen Schultern
und wollte immer
getragen werden.

Mein älterer Bruder
schickte mich weg
wenn ich ihm
mit meinem jüngeren Bruder
nachgehen wollte.

Ich versuchte
meinen jüngeren Bruder loszuwerden.
Er schrie
und klammerte sich
an meinem Kopf fest.

Bis heute
sitzen alle Schwächeren
auf meinen Schultern
und wollen
nicht herunter.

Mein Vater
wollte meine Mutter
immer zu einem Besuch
in sein italienisches Elternhaus
überreden.
Sie lehnte ab.

Sie sei einmal dort gewesen
sagte sie uns Kindern
und nie wieder.

Dort gebe es kein Klo
nur eine Grube hinterm Haus
mit zwei Stecken
zum Festhalten.
Man müsse seine Notdurft stehend
unter freiem Himmel
verrichten.

Sie sei drei Tage
nicht aufs Klo gegangen
und habe lieber
verhalten.

Wenn du noch einmal
Geld aus dem Nachtkästchen nimmst
bist du nicht mehr mein Kind.

Als ich noch einmal
Geld aus dem Nachtkästchen nahm
erwischte mich meine Mutter.

Ich hielt fünf Schilling in der Hand
und sagte ihr
daß ich gar kein Geld genommen habe.
Daß ich es schon genommen habe
weil ich ein Schulheft gebraucht habe
und ein Freund mir fünf Schilling geliehen hat
und der Freund jetzt im Hofe wartet
und natürlich hätte ich warten können
bis sie vom Einkaufen zurückgekommen wäre
aber solange hat der Freund nicht warten können
und vielleicht wartet er ohnehin nicht mehr ...

Ich begriff
daß man Geschichten erfinden muß
wenn man das Kind der Mutter
bleiben will.

Die Mutter steht
in der Küche
und weiß nicht
ob sie auf mein Weinen
oder den Unmut des Vaters
reagieren soll.

Sie steht
vor dem heißen Herd
schwitzt
hebt die Schultern
lächelt ein wenig
und versucht
zu vermitteln.
Ein Leben lang.

Ich verlange
auf der Stelle
eine Entscheidung.

Mein Vorschlag lautet:
Wir verzichten beide auf sie
und werden freie und stolze Männer.

Die Möglichkeit bestünde:
Du schläfst notfalls mit ihr
ich lasse mich manchmal von ihr bemuttern
aber wir sprechen uns vorher ab.

Das Ziel wäre:
daß wir ihre Stärke brechen
und nicht sie
die unsere.

Vom Sohn zum Vater:
Was hältst du von diesem Vorschlag?

Ein einziges Mal
hat mich mein Vater geschlagen.
Seine Hand
bedeckt mit eingetrockneten Leimresten
kam näher
und näher.
Ich legte meine heiße Wange
gegen sie
und hielt den Atem an
wie man die Zeit anhält.
Alle anderen Schläge
habe ich aus Sehnsucht
nach diesem Schlag
erfunden.

Von den Spielkameraden
als Ausländerkind
beschimpft zu werden
hatte einen Vorteil
und einen Nachteil.

Der Nachteil
war die Vertreibung
vom Spielplatz.

Der Vorteil
waren zwei Schmalzbrote
mit denen mich
meine Mutter
tröstete.

Mit der Zeit
erzählte ich ihr
immer öfter
von Beleidigungen
und Ausschließungen
die gar nicht
stattgefunden hatten.

In der Schule
beim Bauchaufzug
hing ich am Reck
mit angehaltenem Atem
hochrotem Gesicht
und brachte die Füße
nicht über die Stange.

Ich sah aus
wie ein Frosch
oder ein Sack Kartoffeln.
Unter dem ironischen Blick des Turnlehrers
hatte mein schwerer Körper
nichts mehr
mit mir
zu tun.

Einmal im Jahr
fuhren wir zu Frank & Werner nach Klagenfurt
einkaufen.
Um mich von den Bauernkindern abzuheben
kaufte mir meine Mutter etwas Anständiges.
Ich bekam
ein Nylonhemd
eine Fliege zum Anstecken
weiße Stutzen
praktische Bergschuhe
eine Knickerbocker
und einen roten Kopf
beim Versuch die Hose zu schließen.

Der Verkäufer nahm den Hosenbund
verschloß ihn mit aller Gewalt
und lächelte meine Mutter an.

Wenn der Nachbarbauer
das Blut einer gestochenen Sau rührte
bin ich davongelaufen.
Wenn das Kind des Nachbarbauern
einen Frosch mit einem Strohhalm aufblies
habe ich geweint.
Wenn ich in der Schule alles besser wußte
haben sie mich in der Pause geschlagen.
Wenn sie mich zwangen Kuhscheiße zu essen
sahen sie meine Tränen.

Alles an mir
paßte nicht zu ihnen.

Ich saß
auf der Holzstiege
vor unserem alten Haus.

Hinter mir
die Werkstätte
meines Vaters.

Vor mir
der Spielplatz
mit den Kindern.

Ich hatte die Wahl
zwischen dem Schweigen
meines Vaters
und dem Spott
der Kinder.

Ich entschloß mich
sitzenzubleiben
und zu phantasieren.

Ich möchte
meine Feinde
so lange lieben
bis sie unter meiner Liebe
zusammenbrechen.

Ich möchte
meiner Freundin
so lange verzeihen
bis sie an ihrer Schlechtigkeit
verzweifelt.

Ich möchte
meinen Freunden
so lange helfen
bis sie ihre Unfähigkeit
einsehen.

Ich möchte
mit allen Mitteln
ein guter Mensch sein.

Ich hatte Angst
in ein Gasthaus zu gehen
wenn Bauern drinnensaßen.

Ich dachte mir
daß sie nichts Gutes
über mich denken.

Ich überwand diese Angst
mit der Vorstellung
etwas Besonderes zu sein.

Das Besondere
bestand in meinem Leid.

Ich war erfüllt
von dem Maß
meiner Leiden.

Ich habe Angst
diese Leiden aufzugeben
weil ich nicht weiß
was dann
von mir übrigbleibt.

Auf der höchsten Erhebung
des Dorfes
wohnte ein Künstler
in einem großen weißen Haus.

Seiner Familie
gehörten fast alle
Wiesen und Felder
rund um das Dorf.

Die Bauern munkelten
er sei verrückt
und pervers
aber sie wagten nicht
es öffentlich zu sagen.

Er bestellte
einen himmelblauen Sarg
bei meinem Vater
besorgte uns Buben
Ministrantengewänder
und ließ sich von uns
durch das Dorf tragen.

Er betrank sich im Sarg
segnete die herbeieilenden Bauern
und vergab ihnen
ihre Sünden.

Sie grüßten und verneigten sich
fragten nach der Verlängerung
ihrer Pachtverträge
und hätten ihn am liebsten
erschlagen.

Mit dreizehn
entfloh ich von zu Hause
zu meinem Großvater
nach Italien.

Sein Haus war ein Steinhaus.
Der Herd eine gemauerte Nische
in der ein Kupferkessel hing.

Der Großvater war sehr alt
und seine Freundin
die ständig lachte
hatte keine Zähne mehr.

Er tischte Wein und Parmesan auf
trank selbst am meisten
und erzählte mir
was er mit seiner Freundin
noch alles treiben würde.

Er holte Onkel Tilio
der ein Künstler sei
vom Feld
und befahl ihm
den Rhythmus der Internationalen
zu furzen.

Der Rest von Italien
hat mich nie interessiert.

Mein älterer Bruder
stand in der Früh
mit einem riesigen Steifen
unter dem Pyjama auf.

Es sah aus
als wäre ein gestreiftes Zelt
über einen langen Mast
gespannt worden.

Er ging nicht aufs Klo
er wartete nicht ab
er ging schnurstracks in die Küche
und setzte sich
unter den Augen der Mutter
an den Frühstückstisch.

Obwohl ich die Aufmerksamkeit
meiner Mutter
durch Schulgeschichten auf mich lenkte
spürte ich
daß ich dem
nichts entgegenzusetzen hatte.

Der Besuch
meines italienischen Großvaters
kündigte sich nicht brieflich an
sondern so:

Die Kellnerin des Dorfgasthauses
kam aufgeregt ins Haus
und sagte keuchend
der Herr Opa aus Italien
sitzt betrunken im Gasthaus.

Kurz darauf
kam mein Großvater
wankend durch die Gartentür
legte seine Hand auf meine Schulter
und schenkte mir eine Zigarre.

Das österreichische Bier
sagte er lachend zu meinem Vater
ist das beste.
Er drehte sich um
und pischte mitten im Hof.

Meine Mutter
schaute nicht ihn
sondern meinen Vater
mit einem strafenden Blick an.

Wir saßen um den Mittagstisch
und waren mit dem Essen fertig.
Die Mutter räumte ab.
Der Vater versuchte
ein italienisches Programm
ins Radio zu kriegen.
Man hörte nur ein Rauschen
und Pfeifen.

Der Großvater
stand langsam auf
rülpste laut
und fragte uns Buben
ob wir schon onanieren würden.
Er untermauerte seine Frage
mit einer dementsprechenden Geste.

Die Mutter
stellte die Teller ab
verließ den Raum
kam mit verweinten Augen wieder
und sagte
sie würde sich ein Leben lang
abschinden
damit es die Kinder
einmal besser haben.

Der Großvater
mache alles
zunichte.

Meine beiden Großväter
der Italiener und der Steirer
trafen sich einmal bei uns.

Der Italiener war Kommunist.
Der Steirer Sozialdemokrat.
Da sie keine gemeinsame Sprache verband
tranken sie miteinander.

Sie saßen vor unserem Rohbau
und prosteten einander zu.
Der Italiener versuchte es auf steirisch.
Der Steirer auf italienisch.

Sie lächelten
und beobachteten meinen Vater
wie er schweigend
am Bau arbeitete.

Meine Klasse
die Kleinbürger
überlebt mit Ruhe.

Die Gewalt
die ihnen angetan wird
verbreitet sich schweigend
in den eigenen vier Wänden.

Im Faschismus
bekam ihr Haß
öffentliche Lautstärke
nach offiziellen Parolen.

Jetzt treten sie wieder
leise
aufeinander.

Meine Freunde vergewaltigten eine Klosterschülerin.
Sie zogen sie beim Sonntagsspaziergang in den Wald.
Steckten ihr eine Kartoffel in den Mund.
Kitzelten sie.
Versprachen ihr fünf Schilling und ein Fahrrad.
Trieben ihr einen Tannenzapfen zwischen die Beine.
Zündeten ihre Unterhose an
und löschten den Brand mit Urin.
Ich hielt mich in der Nähe versteckt
beobachtete alles
und schwieg.

Eine Woche später
während der Kindermesse
steckte ich der Klosterschülerin ein Gedicht zu.
Ich hatte es aus dem Deutschbuch
meines älteren Bruders abgeschrieben.
»So mancher Mensch vergeht vor Schmerz
weil er die bösen Menschen flucht.
Drum sieht er nicht das eine Herz
das ihn mit warmen Blicken sucht.«
Sie hat mir nie geantwortet.

Wenn sie mich beim Fußballspiel ausschlossen
weil ich zu dick war um den Ball zu erreichen
und ein anderer Dicker
bereits im Tor stand
ging ich auf einen Hügel vor dem Dorf.
Dort hatte ich
in einem Erdloch
ein geheimes Lager angelegt:
Ein Buch von Camus über den logischen Selbstmord.
Nackte Frauen aus Zeitschriften.
Dreieckskäse den ich in der Gemischtwarenhandlung
gestohlen hatte.
Haselnüsse.
Ein Atlas.
Stundenlang saß ich auf dem Hügel
und wartete auf den Zug nach Wien.
Pünktlich um sechs Uhr zehn fuhr er vorbei
und mit ihm meine Wünsche und Hoffnungen.
Heute denke ich:
Ich hätte im Dorf bleiben sollen.
Ich hätte mich wehren sollen.

Mein Halbbruder kam aus Italien
und blieb bei uns.
Seitdem sprachen mein Vater und er
nur noch italienisch.

Meine Mutter bekam furchtbare Kreuzschmerzen
und konnte sich kaum mehr aufrecht halten.
Es fiel ihr besonders schwer
mit den Kunden zu reden.

Sie kam in ein Krankenhaus
und zurück
mit einem Mieder aus Leder und Eisen
und war freundlich zur Kundschaft
wie eh und je.

Das wichtigste ist
sagte meine Mutter
daß man vor den anderen
gut dasteht.

II.

Als ich eine nackte Frau sehen wollte

Als ich eine nackte Frau sehen wollte
entwendete ich meinem Vater einen Drillbohrer.
Ich gab dem Sohn der Badefrau fünf Schilling.
Ich sperrte mich in einer Badekabine ein.
Ich bohrte ein Loch zur Nachbarkabine.
Ich wartete stundenlang bis sie endlich kam.
Ich sah wie sie zuerst das Kleid überzog
und dann das Badehöschen auszog.
Ich bekam vor Aufregung einen Lachanfall.
Ich geriet in Panik
weil ihr Mann an meiner Kabinentür riß.
Ich bekam von ihm Schläge
nachdem er die Tür aufgebrochen hatte.

Ich stellte mir abends im Bett vor
wie es gewesen wäre
wenn sie zuerst das Höschen ausgezogen
und dann das Kleid
angezogen hätte.

Im Sommer
steckten sich die Freunde
meines älteren Bruders
Tannenzapfen in die Badehose
und stolzierten damit
vor den verschämt wegschauenden Mädchen
auf und ab.
Dieser Betrug flog auf
als ich mir
zwei Tannenzapfen
in die Badehose
steckte.

Im finsteren Holzklo
unseres alten Hauses
feierte ich meinen Eintritt
in die Männlichkeit.
In der einen Hand hielt ich
eine schwach leuchtende Taschenlampe.
Ihr zitternder Strahl
war auf einen Katalog für Bademoden
Sommerkollektion 1958
Firma Warmuth Villach
gerichtet.
In der anderen Hand
hielt ich
nach zehn schwitzenden Minuten
das Ergebnis meiner Anstrengung.

Dieses Gefühl
Sieger eines Rennens zu sein
war durch nichts zu trüben.
Nicht einmal
durch die allgemeine Prophezeiung
auf Rückenmarksschwund.

In einem versperrten Schrank
meiner Eltern
fand ich
»Das Ehe- und Geschlechtsleben.
Die Hygiene im Intimbereich«.

Ich sah
gezeichnete Orgasmuskurven
Abbildungen von Geschlechtsteilen
welche von Ausschlägen
und eitrigen Ausflüssen
verunstaltet waren.

Es war eindeutig
daß alles Sexuelle
in Krankheiten
endet.

Herta
das Ziehkind eines Bauern
zeigte mir
wie sie es mit ihrem Hund trieb.
Sie forderte mich lachend auf
dasselbe mit ihr
zu tun.

Als ich
halb ohnmächtig vor Aufregung
ihrer Fut nahekam
spritzte ich ab.

Du bist ja
noch schneller als der Hund
sagte sie enttäuscht
und rief nach ihm.

Meine Angebetete
– die nichts von dieser Anbetung wußte –
saß mit ihren Freundinnen
am Rande des kleinen Dorfteiches
plauderte und lachte.

Ich stand
in der Mitte des Teiches
mit dem Wasser bis zum Hals
und wollte unter keinen Umständen
hinausgehen.
Der Anblick
meiner unförmigen Gestalt
wäre für sie
unzumutbar gewesen.

An diesem Nachmittag
unterhielt sie sich
nicht nur endlos
sondern spielte mit ihren Freundinnen
gezählte elf
Federballturniere.

Bei Einbruch der Dämmerung
– ich war der letzte Badende –
entstieg ich dem Teich
unter heftigem Schütteln.

Als Hauptschüler in Klagenfurt
saß ich mit meinen Schulfreunden
auf einer Parkbank
und wir kommentierten grinsend
das Aussehen
jedes vorbeigehenden Mädchens.

Die eine habe eine Frisur
wie ein Misthaufen
die andere einen Arsch
wie der Postkasten beim Hauptpostamt
und die dritte
sicher Hängetutteln.

In Wahrheit
hatte ich eine solche Sehnsucht
nach einem Mädchen
daß mir jede recht gewesen wäre
hätte sie mich nur
eines Blickes gewürdigt.

Mit vierzehn Jahren
wollte ich
Priester werden.

An einem Sonntag
verließ ich die Kirche
im Zustand
der Erleuchtung.

Ich freute mich
auf die Niedertracht der anderen
denn ich spürte
meine unendliche Fähigkeit
sie lächelnd
zu ertragen.

Mein Gott
sieht mein schlechtes Betragen.
Er kennt meine unsittlichen Gedanken.
Er ist dabei
wenn ich am Fuße der Leiter stehe
und der Krametter Christa
unters Kleid schaue.

Mein Gott
schreibt alles in ein Buch
und führt mich
wenn die Seite voll ist
zur Beichte.

Mein Gott
entläßt mich
mit zehn Vaterunser
und fünf Gegrüßet seist du Maria
und schlägt milde lächelnd
eine neue Seite auf.

Ich bedaure jeden
der keinen Gott hat.

Diese Kerze
sagte der Pfarrer
bei der Erstkommunion
ist dein göttliches Leben.
Und entzündete sie.

In Demut
vor dem Herrn
sagte der Pfarrer
sollst du dich verzehren.
Wie diese Kerze.

Seit dreißig Jahren
beobachte ich die Kerze
und sehe
wie sie langsam
zerrinnt.

Wenn ich nur wüßte
was passiert
wenn ich die Kerze
ausblase.

O Herr
ich bin nicht würdig
daß du eingehst unter mein Dach
aber sprich nur ein Wort
so wird meine Seele gesund.
Seit Jahren warte ich auf dieses Wort.

Mein Verdacht
daß der Herr
für die Gesundheit meiner Seele
nichts tun wird
steigt und steigt.

Der liebe Gott
treibt Unkeuschheit.
Ehrt Vater und Mutter nicht.
Tötet.
Lügt.
Gibt falsches Zeugnis.
Begehrt seines Nächsten Weib.
Vergreift sich an seines Nächsten Gut.
Und so weiter.

Der liebe Gott
schert sich
in Gestalt seiner Ebenbilder
nicht einmal
um die eigenen
Gebote.

Warum beklagst du
das Schweigen Gottes
sagte der Religionslehrer.
Schau diese Wiese an.
Gott spricht leise zu dir.
Du hörst ihn
im Summen der Bienen.
Im Säuseln des Windes.
Du siehst ihn
im geduldigen Wachsen
der Blumen.

Heute ist
diese Wiese
ein riesiger Parkplatz.
Was ist das für ein Gott
den eine Kärntner Baufirma
zum Schweigen bringen kann?

Der höchste Richter
verurteilt mich
mit abgewandtem Gesicht
und ohne ein Wort.

Ich nehme
Hammer und Nagel
gehe in den Wald
und schlage meine Hand
an den Baum.

Ich warte darauf
daß er sich umdreht
und mir zu verstehen gibt
ob ich sein Urteil
richtig gedeutet habe.

In der hintersten Bank
des Domes von Maria Saal
habe ich das erste Mal
ein Mädchen ausgegriffen.

Ich führte den Finger zur Nase
und roch daran.
Jetzt
dachte ich
jetzt kommt die Strafe Gottes.

Es verging ein Tag und mehrere Tage.
Ein Jahr und viele Jahre.
Die Unkeuschheiten wuchsen
und mit ihnen die Herausforderung Gottes.

Jetzt schreibe ich dieses Gedicht
und fordere Gott zum letzten Mal auf
meine ungestillte Sehnsucht
nach einer Strafe
zu erfüllen.

Wenn die Bauernburschen das eine wollten
gingen sie ins Gasthaus und soffen
bis die Kellnerin einen von ihnen
mit aufs Zimmer nahm.

Als ich das eine wollte
ging ich ins Gasthaus und soff
bis die Kellnerin mich
mit auf ihr Zimmer nahm.

Wenn die Bauernburschen saufen
sagte die Kellnerin
und ich einen mit aufs Zimmer nehme
dann will er immer nur das eine.

Schrecklich
sagte ich
und hörte mir die ganze Nacht
ihre Geschichten an.

Frau Emy
eine Wiener Hure
zog sich im Alter
aufs Land zurück.

Sie eröffnete
das erste Café im Dorf
»Tante Emy's Nachtcafé«.
Ein übel beleumdeter Ort.

Wenn ich bei ihr
spät in der Nacht
Gin-Fizz trank
beugte sie sich vor
um die Siphonflasche
aus dem untersten Fach der Theke
hervorzuholen.

Dabei konnte ich
für einen kurzen Moment
in ihren Ausschnitt sehen.

Als ich wieder einmal
den zehnten Gin-Fizz bestellte
zog sie mit der Hand
den Ausschnitt ihres Kleides tiefer
und meinte
ich könne diesen Einblick
auch ohne Gin-Fizz haben.

So viel Großzügigkeit
widerfährt einem
selten
im Leben.

Meine Einsamkeit
und meine Lesewut
waren grenzenlos.

Ich las alles
von Dostojewski
bis zu den
Existentialisten
und verstand nichts.

Einen Schulfreund
der mir seine Liebeserfahrungen
im Detail schilderte
versuchte ich mit der Frage
ob er überhaupt
Camus und Sartre
gelesen habe
fertigzumachen.

Meine erste Begegnung
mit dem Wunder der Liebe
ereignete sich
in der Klagenfurter Vorstadt.

Ich saß
im Peterhofkino
und sah
»Die Rache der Pharaonen«.

Mein Knie
berührte das Knie
der Sitznachbarin
und geriet in Brand.

Der Brand
dehnte sich über mein Bein
über meinen Körper
über das Kino
über die Stadt
und über das Universum
aus.

Seither habe ich
viele großartige Filme gesehen
aber »Die Rache der Pharaonen«
bleibt der beste.

Die Tochter des Arztes
welche einmal studieren sollte
unterhielt sich mit mir
über Literatur.
Ich gestand ihr
daß ich schon einige Gedichte
geschrieben hatte.

Ich sei ein sensibler Mensch
sagte sie
aber eines
störe sie an mir:
mein Umgang.
Besonders mein Freund Jimmy
habe kein Niveau.

Ich brachte ihr täglich
etwas Frischverfaßtes
bis ich erfuhr
daß sie es
mit meinem Freund Jimmy
trieb.

Ich habe mir alles genau ausgedacht.
Mein Plan umfaßt drei Tage.
Am ersten Tag werde ich um das Haus gehen
in dem du mit deinem neuen Liebhaber
innig umschlungen liegst.
Mein schleppender Schritt
und mein verhaltenes Schluchzen
werden dich leicht irritieren.

Am zweiten Tag
werde ich vor dem Haus liegen
und literweise Schnaps trinken.
Während dich dein Liebhaber
gerade von hinten nimmt
wirst du durch den Spalt des Vorhanges blicken
und Angst bekommen
wegen meines körperlichen Verfalls.

Am dritten Tag
werden sie mich aus der Glan ziehen.
Sie werden dir
während du gerade einen
deiner zahlreichen Orgasmen hast
die Nachricht von meinem Tode hinterbringen.
Das, Geliebte
wird der Augenblick
meines unendlichen Triumphes sein.

Der Künstler
hörte mir beim Vorlesen
von Gedichten
in »Tante Emy's Nachtcafé« zu.
Er forderte mich auf
in sein großes Haus
auf dem Dorfhügel
zu kommen.

Oben gab es
Imbiß und Tee
zu jeglicher Zeit
berühmte Menschen
witzige Gespräche
Buchempfehlungen
und behutsame Ratschläge
des Künstlers
zur Veränderung
meines Schreibstils.

Unten gab es
die Verzweiflung
meiner Mutter
das Gerede
über homosexuelle Umtriebe
und die Abwendung
meiner letzten Freunde.

Meine ersten Gedichte
liefen unter dem Titel
»Wir stellen vor«
im Studio Klagenfurt
Freitag um halb drei.

Fünf Minuten nach halb drei
kam mein Vater in die Küche.
Meine Mutter stellte ihm
die Jause hin
und er aß.

Es war ihm einfach
nicht anzusehen
ob er zuhörte
oder nicht.

Herr Bongart
ein Hafnermeister
aus St. Veit an der Glan
gab mir die Adresse
eines Puffs in Wien.

Ich lag im Bett
einer Hure
die mich leicht würgte
und lachte.

Ich wußte nicht
was ich tun sollte
und würgte sie ebenfalls.
Ziemlich fest.

Sie würgte mich
noch fester
und ich tat
desgleichen.

Sie warf mich
aus dem Bett
und nannte mich
einen Mörder.

Ich rannte
voller Panik
aus ihrem Zimmer
und lief
über den Gang.

Aus den
anderen Zimmern
kamen Huren

mit ihren Freiern
und liefen mir
schreiend nach.

Ich öffnete eine Tür
welche direkt
in die österreichische Literatur führte
verriegelte die Tür von innen
zitterte am ganzen Leibe
und verblieb in diesem Zustand
bis zum heutigen Tag.

III.

Ein paar Schritte zurück

Alles was ich geschrieben habe
und andere über mich
soll brennen.

Bis ich den Atem spüre:
Den angehaltenen Atem beim Herannahen der Tiefflieger.
Den stockenden Atem eines zurückgelassenen Kindes.
Den verschluckten Atem nach den Schlägen des Vaters.
Den flachen Atem beim Baucheinziehen.
Das lautlose Keuchen nach der Vertreibung vom Spielplatz.

All dieser Atem
den ich noch immer zurückhalte
nährt das Feuer.

Ich werde mich durchkämpfen
durchschlagen und durchwürgen
bis zu dem einen Schrei
bis zu dem einen Schrei
der das Feuer auslöscht.

In diesem Haus
gibt es rote Rosen
eine Lampe mit einem alten Schirm
das entfernte Geräusch des Verkehrs
aber keine neuen
Gedichte.

In diesem Haus
sind die Jahre
ordentlich verstaut.
Die Briefe sind von den Rechnungen getrennt.
Es ist sauber.

In diesem Haus
klingelt das Telefon
wird vernünftig gesprochen
und vorgekocht
wie gewöhnlich.

In diesem Haus
wiederholt sich der Tag
der gestern war
und morgen sein wird
zum letzten Mal.

Eine Rechnung hängt.
Eine Liste hängt.
Ein Brief hängt.
Eine Notiz hängt.
Eine Visitenkarte hängt.
Eine Einladung hängt.
Eine Ansichtskarte hängt.
Eine Telefonnummer hängt.
Ein Prospekt hängt.

Ein Telefon steht.
Eine Vase steht.
Ein Aschenbecher steht.
Ein Regal steht.

Eine Zeitung liegt.
Ein Manuskript liegt.
Ein Buch liegt.

Was hängt
wird heruntergerissen
was steht
wird umgeworfen
was liegt
wird hochgeschleudert.

Das wird
ein Fest.

Ich kann nicht Zähne putzen.
Ich kann nicht einkaufen gehen.
Ich kann nur in diesem Zimmer sitzen.
Ich kann nicht mehr essen.
Ich kann mich nicht mehr bewegen.
Ich kann nicht mehr atmen.

Ich kann nicht
oder ich will nicht.

Ein paar Schritte zurück
und ich nähere mich dem Abgrund.
Nichts hält mich.
Die Zuneigung meiner Freunde
wird unspürbar.
Die Verantwortung
den Tag zu meistern
lächerlich.
Deine Liebe
etwas
das ich dir schon immer
zurückgeben wollte.

Ein paar Schritte zurück
und ich stehe am Abgrund.
Es wäre angenehm
wenn mein Vater und meine Mutter
mich in dieser Lage
sehen könnten.
Es würde mich freuen
ihnen mitteilen zu können
daß mich ihr Entsetzen
über meinen baldigen Absturz
nicht im mindesten beeindruckt.

Ein paar Schritte zurück
und ich falle in den Abgrund.
Es wird kein langgezogener Schrei
zu hören sein.
Dieses endlose und stille Fallen
wird mich davon überzeugen
daß ich nichts
und niemanden brauche.

Ein paar Schritte zurück
und ich stehe
an der Wand meines Arbeitszimmers
und warte auf den Mut
die Heilanstalt
anzurufen.

Ich rufe das Allgemeine Krankenhaus an
Abteilung Psychosomatik
und sage dem Arzt
daß ich mich demnächst
aus dem Fenster stürzen werde.

Er macht mich
mit ruhiger Stimme
auf die exorbitanten Kosten
einer Beerdigung aufmerksam.
Im Verhältnis dazu
sei der Preis für ein Taxi
mit dem ich zu ihm fahren könne
lächerlich gering.

Ich gehe ins psychiatrische Krankenhaus
und stelle fest
daß die Ärzte freundlich
die Schwestern geduldig
und die Patienten müde sind.

Das muß ein Irrtum sein.
In meinem Kopf schreit es.

Ruhe.
Ich schicke eine Armee aus
damit sie die Geräusche erstickt.
Das Lachen arretiert.
Dem Jammer die Luft absperrt.
Den Schrei verstopft.

Ich schicke eine zweite Armee aus
weil die erste
beim Einfangen der Geräusche
einen entsetzlichen Lärm macht.

Heute
ist es wunderschön
in meinem Einzelzimmer.

Ich bekomme
blaue
grüne
gelbe
und rote Pillen.

Eben habe ich noch geschrien
doch schon füllt sich
mein leerer Kopf
mit den schönsten Farben
des Regenbogens.

Das Eis
rinnt aus den Augen
aus dem Mund
über den Bauch
zu den Füßen
verbreitet sich
im Krankenzimmer
auf der Station
in Stadt und Land
in ganz Mitteleuropa
und dem Rest der Welt.

Anläßlich dieser Weltvereisung
erscheint der für den Nachtdienst
zuständige Arzt.

Der Arzt versucht
mich zu beruhigen
doch ich verstehe
kein Wort.

Sein Mund
sein wuchernder Schnurrbart
kommen mir
immer näher.

Ich nehme die Schere
von seinem Schreibtisch
stutze seinen Bart
und sehe
wie Blut
aus den abgeschnittenen
Barthaaren rinnt.

Ich bin nicht ich.
Auf der Suche nach meinem Selbst
werde ich die Haare ausreißen
den Schädel zerbrechen
die Gliedmaßen auskegeln
die Brust aufschneiden.

Am Ende meines Tuns
wird ein ungefähr
dreißig Zentimeter hoher
Fleischhaufen vor mir liegen
und ich werde wieder nicht
ich selbst sein.

In meinen Gedichten
bin ich das Opfer.
Mein Leid
ist das Gedicht.

In Wahrheit
bin ich der Täter.
Ein Ungeheuer.
Grausig und grausam.

So schrecklich
daß ich mir selbst
den größten Schrecken
einjage.

Vor ein paar Tagen war
Weihnachten
und morgen ist
Silvester
und ich liege
festgebunden
in der geschlossenen Abteilung
der psychiatrischen Anstalt.

Die heiligen Zeiten
sind doch die ruhigsten.

Mit dem Gesicht zur Wand.
Mit den Augen in der Mauer.
Mit der Nase im Nebenzimmer.
Mit dem Atem in der Landschaft.
Mit dem Kinn im Fluß.
Mit dem Körper im All.

Dieses Gefühl
mein Gott
ist einen Tod wert.

In der Nacht ist es ein Bild:
Ich bin ans Kreuz genagelt.
Meine Mutter nimmt mein Glied in den Mund
und lutscht daran.
Ich versuche
voll Abscheu und Entsetzen
mich mit Händen und Füßen zu wehren.
Aber es geht nicht.
Es geht nicht.

Meine Mutter hat Vampirzähne.
Sie schlägt sie in mein Fleisch.
Immer wieder.
Bis ich aus vielen Wunden blute.
Sie stellt mich in einen kalten Raum
und verabschiedet sich mit einem Lächeln.
Ich schreie.

Ich schreie
bis das Innere meines Kopfes leer wird.
Bis meine Lippen violett werden.
Bis meine Augen rot werden.
Bis es in meinen Ohren schlägt.
Bis mein Herz flach ist.
Bis meine Adern zerreißen.
Bis mein Rücken bricht.
Bis sich der Kalk von den Wänden
unter meinen Nägeln sammelt.

Wenn ich das erste Mal vor Schmerzen sterbe
kommt eine Krankenschwester in das Zimmer
und sagt
daß meine Mutter bald kommen wird
und ich solle doch nicht so schreien.

Ich weine.
Die Tränen rinnen in den Mund.
Sie vermischen sich mit meinem Speichel.
Sie vermischen sich mit meinem Blut.
Sie vermischen sich mit meinem Urin.
Sie vermischen sich mit meinem Kot.
Vom vielen Weinen wird alles weich und bröslig.
Mein Fleisch zerfällt in kleine wäßrige Kugeln.

Wenn ich das zweite Mal vor Schmerzen sterbe
kommt die Krankenschwester in das Zimmer
und sagt
daß jetzt Krieg ist
daß ich mich noch ein wenig
gedulden muß
und ich solle doch nicht so laut weinen.

Ich starre vor mich hin.
Ich durchdringe mit meinen Augen die Mauern.
Draußen ist es kalt und windig.
Ich breche mit meinen Augen in ein Haus ein.
Drinnen ist es kalt und unfreundlich.
Ich verreise mit meinen Augen in fremde Länder.
Dort reden sie laut und unverständlich.
Ich starre bis meine Augen zu Eis werden und
zersplittern.

Wenn ich das dritte Mal vor Schmerzen sterbe
kommt die Krankenschwester in das Zimmer
und sagt
es bestehe kein Grund so komisch dreinzuschauen
da doch jeden Moment meine Mutter
zur Tür hereinkommen werde.

Meine Mutter betritt das Krankenzimmer
und lächelt mich an.
Ich lächle sie an.

Ich laufe zu dir.
Ich rutsche aus und falle hin.
Ich stehe auf und laufe.
Ich rutsche aus und falle hin.
Die Knie sind blutig.
Die Schmerzensschreie
sind im Therapieraum.

Ich lege dir meinen Kopf zu Füßen
streichle deine Beine entlang
schlecke dich auf
kreise um deinen Nabel
spiele mit deiner Brust
glätte die Haut auf deinem Hals
zähle die Falten in deinem Gesicht
atme in dein Ohr
und wünsche dir
liebe Mutter
alles Gute zum Muttertag.

Im Augenblick der größten Verzweiflung
schwieg ich.
Ich hätte nur sagen können
daß die Dinge
keinen Namen mehr haben.
Aber auch für diesen Satz
fehlten mir die Wörter.
Also war ich still.
Und erwachte mit einem lauten Schrei.

Der Schrei nach meiner Mutter ist verstummt.
Ich lege meine Hände in den Schoß.
Ich will nicht denken.
Ich will das Kreuz verlassen
das mich so lange gehalten hat.
Ich will meine Schmerzen streicheln
bis sie meiner Liebe überdrüssig sind.

Ich reiße
an meinen Haaren
schlage mit dem Schädel
gegen die Wand
und fordere den Psychiater auf
sich zu mir
ins Bett zu legen.

Er zieht
an seiner Pfeife
und macht mich
darauf aufmerksam
daß ich morgen
entsetzliche Kopfschmerzen
haben werde.

Das unbewegliche Gesicht des Psychiaters.
Das unbewegliche Gesicht meines Vaters.
Die unbeweglichen Gesichter der Theaterbesucher.
Wie laut muß ich noch schreien
daß sie mir antworten?
Wie viele Theaterstücke muß ich noch schreiben
damit einer auf die Bühne kommt
und mich berührt?

Wenn ich ihre Standbilder umwerfe
sprenge
liegen ihre Köpfe am Boden
und schauen mich mit derselben
unbeweglichen Miene an.

Es ist erschütternd
was da in der Analyse hochkommt.
Tiefste Empfindungen die gezeigt werden.
Dramatisch wie es verläuft.

Es sprengt die Grenzen.
Geht in die früheste Kindheit.
Zeigt alle Emotionen.
So könnte es gewesen sein.

So war es nicht.
Alles was ich sage ist falsch.
Es ist nur richtig gespielt.

Der Arzt schlägt mir vor
das Krankenhaus zu verlassen
und die Behandlung
extern weiterzuführen.

Was für eine Freude
daß ich nicht mehr intern
sondern extern
verrückt bin.

IV.

Am Ende der Trauer und des Zornes

Meine Generation
hat den Vater ständig verloren.
Erst an den Krieg.
Dann an den Wiederaufbau.
Dann an das Wirtschaftswunder.
Dann sicherte er das Erreichte.
Dann war er zu alt
um mit uns zu sprechen.
Einige von uns
lassen
in Ermangelung von Gesprächen
die Waffen
sprechen.

Die Eichenbretter in der Sonne.
Der Ruf eines Freundes aus dem Hof.
Der Probealarm der Feuerwehrsirene am Samstag.
Das Summen einer Biene am Fliegengitter.
Ein Schnittlauchbrot.
Das Pfeifen eines Arbeiters in der Werkstatt.
Das frischgeschnittene Gras hinterm Haus.

Das Schöne
ist ein zerbrochener Krug
sind verstreute Scherben.
Wenn ich heute
irgendwo einen Teil finde
bin ich für einen Moment
sehr glücklich.

Dieses Gedicht
widme ich allen Kindern
von häuselbauenden Kleinbürgern.
Ich möchte mich mit ihnen
vor einem Rohbau aufstellen
und so lange brüllen
bis alles herausbricht:
Die Kälte, die Hitze.
Das Ziegelschupfen und das Jausenholen.
Das Hohngelächter der Hilfsarbeiter
beim Umkippen einer Scheibtruhe.
Die vergeblich wartenden Spielkameraden.
Die Übelkeit beim vierten Bier.
Der anerkennende Blick des Vaters
wenn man die doppelte Last schleppt.
Die ganze Trauer
über all die verlorenen
Samstage und Sonntage.

Dieses Gedicht
bleibt mir im Hals stecken
wenn ich daran denke
daß mein Vater zwei Wochen
nachdem das Haus fertig war
starb.

Meine Mutter brachte
meinen Vater
wegen einer Prostatageschichte
ins Landeskrankenhaus Klagenfurt.

Als sie ihn
nach einer Woche
abholen wollte
lag er schon drei Tage
in der Prosektur.

Der Arzt sagte
er habe den Namen
des Verstorbenen
im Telefonbuch
nicht finden können.

Die Aufbahrung meines Vaters
fand in der Werkstätte
unseres Hauses statt
zwischen Kaltleimdosen
Barockschablonen
und halbfertigen Möbeln.
Auf den Spinden der Arbeiter
klebten Nacktphotos
von Frauen.
Mein Großvater kam angereist
und schrie meine Mutter
vor dem Holzsarg an:
Wer ins Krankenhaus geht
kommt dort um.
Das habe er hundertmal gesagt.
Aber auf ihn
den alten Mann
höre ja niemand.
Er schrie und fluchte so laut
daß die Nachbarn
zusammenrannten.

Als mein Vater beerdigt wurde
baten mein älterer Bruder und ich
den Dorfpfarrer
keine Totenrede zu halten.

Am offenen Grab meines Vaters
sagte der Pfarrer
hier liegt ein braver Mann
aus Cerea in Italien.

Er sprach den Namen des italienischen Dorfes
so falsch aus
daß ich unwillkürlich
lachen mußte.

Mein ganzer Körper
wurde von diesem Lachen
geschüttelt.
Es offenbarte
in den Augen der Dorfbewohner
die ganze Roheit
meines Wesens.

Nach meiner ersten Uraufführung
schrieb eine Zeitung
dieser Kärntner Orang-Utan
solle in die Wälder zurückgehen
aus denen er
hervorgebrochen sei.

Überallhin
nur nicht dorthin.

Am Tag der Mondlandung
fuhr ich zu meinem Großvater nach Italien.
In der Eingangstür seines armseligen Hauses
stand ein Fernsehapparat.

Im Hof vor der Tür
saßen seine Nachbarn und Freunde
und starrten gebannt
auf das Ereignis.

Als Armstrong den Mond betrat
schrie mein Großvater
das sei amerikanische Propaganda
und ein Film wie jeder andere.

Die Anwesenden begannen zu streiten
und teilten sich in zwei Parteien.
Die einen beharrten
auf der Echtheit der Mondlandung.
Die anderen schrien
das sei ein amerikanischer Science-Fiction-Film
aus Hollywood.

Ich beobachtete den Streit
und fühlte mich zum ersten Mal
zu Hause.

Kurz vor seinem Tod
behauptete mein Großvater
daß alle Flugzeuge
früher oder später
abstürzen.

Ich versuchte ihn
mit wissenschaftlichen Beweisen
vom Gegenteil
zu überzeugen.

Er griff in die Schublade
und zog ein Schulheft heraus.
Das Heft war vollgeklebt
mit Zeitungsausschnitten
von Flugzeugabstürzen.

Ich sagte ihm
dies sei nur ein Bruchteil der Flugzeuge
die es auf der Welt gebe.

Früher oder später
sagte er
sind sie alle wieder
herunten.

Am Ende der Trauer und des Zornes
verstehe ich meinen Vater.

Dieser kleine Italiener
dem der Schnee zu früh
und die deutsche Sprache zu spät kam
hatte Angst.

Er spürte
daß es für Ausländer
keinen Platz gab
am Stammtisch der Einheimischen.

Um nicht aufzufallen
schwieg und arbeitete er.
Er ahmte die ortsüblichen Tugenden nach
bis sie ihn begruben.

Einmal
erzählte mir mein Halbbruder Jahre später
wollte er die Werkstätte anzünden
die Familie verlassen
und zurück in seine Heimat gehen.

Es tut mir leid
daß ich ihm nicht mehr sagen kann
wie gerne ich mit ihm
in den Süden gegangen wäre.

Ich freue mich auf den Tag
und sei es ein halber
an dem die Väter den Platz
neben ihren Kindern einnehmen.

Ich freue mich auf den Tag
an dem die Mütter
ohne ihr Ansehen zu verlieren
den Vätern diesen Platz
geben.

Mutter
du wirst alt
und ich werde älter.

Es wird Zeit
daß wir uns begegnen
und miteinander reden.

Jetzt
da ich meine Geschichten erzählt habe
bin ich offen für deine.

Ich akzeptiere
daß ich erwachsen
und allein bin
und freue mich
ohne Vorbehalt
auf deine Wärme.

Ich hoffe
daß du die meine
nach allem
was ich gesagt habe
noch annehmen kannst.

In den letzten Jahren
plante ich mit meiner Mutter
große Reisen.

Sie
die nur einmal
über ihr Land
hinausgekommen war
wollte überall hin.

Ich besorgte Prospekte
und schlug Termine vor.

Sie verschob sie
aus nichtigen Gründen
und wollte doch immer mehr
und mehr
über unsere Reiseziele wissen
als wüßte sie
daß sie diese
nie erreichen würde.

Jetzt sind sie
alle tot.
Mein italienischer Vater
der sich in ein Kärntner Dorf
verirrt hatte
und nicht mehr herausfand.
Meine Mutter
die ein Leben lang
über alle Schmerzen
hinweglächelte.
Tante Pia
das Kartoffelgesicht
die von einem Auto
zerquetscht wurde.
Onkel Tilio
der mit einem letzten Furz
vom Sessel fiel.
Und mein Großvater
genannt Bastian Terror
dem ein Arzt
mit vierundneunzig
das Saufen
und das Rauchen
und das Leben
abgewöhnte.

Jetzt kann ich
damit meine sehnsuchtsvollen Rufe
nach irgendwas klingen
schöne Lügen über sie alle
erfinden.

Nachwort

Die Gedichtsammlung *Ein paar Schritte zurück* erschien zum ersten Mal 1980 und erregte aus zwei Gründen einiges Aufsehen. Der erste Grund war die literarische Form: Peter Turrini war zu diesem Zeitpunkt als Autor von Theaterstücken und Drehbüchern bekannt, erfolgreich mit seinen Klassikerbearbeitungen, umstritten wegen seiner Dialektstücke und gefürchtet als Essayist und öffentlicher Redner. Niemand, schon gar nicht seine Kritiker, hätte die Veröffentlichung eines Lyrikbandes erwartet.
Das Schreiben dieser Gedichte geschah nicht ganz freiwillig, sie entstanden während des Aufenthaltes in einer Klinik und in den Monaten danach. Turrinis Fähigkeit als Dramatiker, sich hinter seinen Figuren zu verstecken, ihnen seine Worte in den Mund zu legen und Masken aufzusetzen, war ihm abhanden gekommen. In diesen Gedichten begegnen wir dem Autor von Angesicht zu Angesicht. Manchmal ist es ein Abgrund, in den er uns da schauen läßt, manchmal nimmt er uns nur ein Stück des Weges dorthin mit, ein anderes Mal entläßt er uns wieder mit einem Lachen.

Der zweite Grund, der zum Erfolg dieser Gedichtsammlung beigetragen hat, war die literarische Methode, mit der Turrini seine theatralischen Masken abnimmt. Er beschreibt die Tragödien seiner Kindheit, der verpatzten Jugend, der schmerzhaften Annäherungsversuche an das weibliche Gegenüber – als Tragikomödien. Die Gedichte sind verkappte kleine Theaterstücke, die sich ihren Weg zum »Du« mühsam bahnen und dabei fast immer vom Scheitern erzählen. Damit entsprechen sie in gewisser Weise Turrinis Dramen, auch in diesen ersehnen die Figuren immer einen Moment der Begegnung mit einem anderen Menschen herbei. Tritt dieser ein und werden die Lebensbehauptungen der Figuren dabei als Lügen entlarvt, so endet die Annäherung in einem wahrhaft schrecklichen und zugleich lächerlichen Moment, der die Menschen schnell wieder auseinanderbringt.

Dem »Ich« in diesen Gedichten ist das Lachen ebenfalls vergangen, es setzt der Wut und Trauer über das eigene Versagen vielmehr ein infernalisches Grinsen auf. Wie aus diesem Scheitern und Lächerlichwerden Poesie und Komik entstehen, das macht die Schönheit von Turrinis Gedichten aus.
Die Perspektive des Autors wechselt zwischen der Gegenwart des Schreibenden, der Schritte und Blicke zurück in seine Kärntner Kindheit wagt, und den beängstigenden Wahrnehmungen des dicken Tischlerbuben, der sich, an den Rand des Spielplatzes gedrängt, in die Phantasie zu flüchten beginnt. Dieser Vorgang des Phantasierens, aus dem Turrini ja sein ureigenes Gewerbe gemacht hat, schließt auch die Lüge – die Lüge über sich selbst und die anderen – ein, legt sie bloß, führt sie vor. Von den Gedichten unmittelbar auf das Leben des Autors zu schließen wäre ebenso falsch wie die biographischen Spuren, die er in den Gedichten gelegt hat, gänzlich von seinem Werk zu trennen.
Der Band, der nun vorliegt, ist eine vom Autor revidierte und um über 30 neue Gedichte erweiterte Sammlung. Das letzte Gedicht hebt an mit dem Satz: »Jetzt sind sie / alle tot« und schließt mit der fröhlichen Absicht: »Jetzt kann ich / damit meine sehnsuchtsvollen Rufe / nach irgendwas klingen / schöne Lügen über sie alle / erfinden«. Dem Lyriker Turrini ist also in autobiographischen Fragen nicht zu trauen, weil er ja doch ein Theatraliker ist.

Silke Hassler

Inhalt

I.
Es hat ganz einfach angefangen

II.
Als ich eine nackte Frau sehen wollte

III.
Ein paar Schritte zurück

IV.
Am Ende der Trauer und des Zornes

Peter Turrini
im Suhrkamp Verlag

Da Ponte in Santa Fe. Stück und Materialien.
es 3429. es theater. 108 Seiten

Ein paar Schritte zurück. Gedichte. Herausgegeben von Silke Hassler. st 3389. 144 Seiten

Die Eröffnung. Monologe. Herausgegeben und mit einem Nachwort von Silke Hassler. Mit zahlreichen Fotos und Materialien. st 3782. 128 Seiten

Ich liebe dieses Land. Stück und Materialien.
es 3412. es theater. 108 Seiten

Im Namen der Liebe. Gedichte. Herausgegeben und mit einem Nachwort von Silke Hassler. st 3705. 130 Seiten

Josef und Maria. Ein Spiel. Herausgegeben und mit einem Nachwort von Silke Hassler. Mit zahlreichen Abbildungen und Materialien. st 3544. 91 Seiten

Der Riese vom Steinfeld. Mit zahlreichen Abbildungen und Materialien. es 3426. es theater. 108 Seiten

Rozznjogd/Rattenjagd. Sauschlachten. Dialektstücke. Herausgegeben von Silke Hassler. Mit zahlreichen Fotos und Materialien. st 3636. 148 Seiten

Der tollste Tag und andere Komödien. Herausgegeben und mit einem Nachwort von Silke Hassler. Mit zahlreichen Fotos und Materialien. st 3526. 253 Seiten

NF 521/1/11.06

Louis Begley

- Lügen in Zeiten des Krieges. Roman. Übersetzt von Christa Krüger. st 2546. 223 Seiten
- Mistlers Abschied. Roman. Übersetzt von Christa Krüger. st 3113. 288 Seiten
- Schiffbruch. Roman. Übersetzt von Christa Krüger. st 3708. 288 Seiten
- Schmidt. Roman. Übersetzt von Christa Krüger. st 3000. 320 Seiten
- Schmidts Bewährung. Roman. Übersetzt von Christa Krüger. st 3436. 314 Seiten

Thomas Bernhard

- Alte Meister. Komödie. st 1553. 311 Seiten
- Heldenplatz. st 2474. 164 Seiten
- Holzfällen. st 3188. 336 Seiten
- Wittgensteins Neffe. st 1465. 164 Seiten

Peter Bichsel

- Eigentlich möchte Frau Blum den Milchmann kennenlernen. 21 Geschichten. st 2567. 73 Seiten
- Kindergeschichten. st 2642. 84 Seiten

Ketil Bjørnstad. Villa Europa. Übersetzt von Ina Kronenberger. st 3730. 536 Seiten

Volker Braun. Unvollendete Geschichte. st 1660. 112 Seiten

Bertolt Brecht

- Dreigroschenroman. st 1846. 392 Seiten
- Geschichten vom Herrn Keuner. st 16. 108 Seiten
- Hundert Gedichte. Ausgewählt von Siegfried Unseld. st 2800. 188 Seiten

NF 265/2/8.05

Lily Brett
- Einfach so. Roman. Übersetzt von Anne Lösch. st 3033. 446 Seiten
- New York. Übersetzt von Melanie Walz. st 3291. 160 Seiten
- Zu sehen. Übersetzt von Anne Lösch. st 3148. 332 Seiten

Antonia S. Byatt. Besessen. Roman. Übersetzt von Melanie Walz. st 2376. 632 Seiten

Truman Capote. Die Grasharfe. Roman. Übersetzt von Annemarie Seidel und Friedrich Podszus. st 3135. 208 Seiten

Paul Celan. Gesammelte Werke 1-3. Gedichte, Prosa, Reden. Drei Bände. st 3202-3204. 998 Seiten

Clarín. Die Präsidentin. Roman. Übersetzt von Egon Hartmann. Mit einem Nachwort von F. R. Fries. st 1390. 864 Seiten

Sigrid Damm. Ich bin nicht Ottilie. Roman. st 2999. 392 Seiten

Marguerite Duras. Der Liebhaber. Übersetzt von Ilma Rakusa. st 1629. 194 Seiten

Karen Duve. Keine Ahnung. Erzählungen. st 3035. 167 Seiten

Hans Magnus Enzensberger
- Ach Europa! Wahrnehmungen aus sieben Ländern. Mit einem Epilog aus dem Jahre 2006. st 1690. 501 Seiten
- Gedichte. Verteidigung der Wölfe. Landessprache. Blindenschrift. Die Furie des Verschwindens. Zukunftsmusik. Kiosk. Sechs Bände in Kassette. st 3047. 633 Seiten

Hans Magnus Enzensberger (Hg.). Museum der modernen Poesie. st 3446. 850 Seiten

NF 265/3/8.05

Laura Esquivel. Bittersüße Schokolade. Mexikanischer Roman um Liebe, Kochrezepte und bewährte Hausmittel. Übersetzt von Petra Strien. st 2391. 278 Seiten

Max Frisch
- Andorra. Stück in zwölf Bildern. st 277. 127 Seiten
- Biedermann und die Brandstifter. Ein Lehrstück ohne Lehre. st 2545. 95 Seiten
- Homo faber. Ein Bericht. st 354. 203 Seiten
- Mein Name sei Gantenbein. Roman. st 286. 288 Seiten
- Montauk. Eine Erzählung. st 700. 207 Seiten
- Stiller. Roman. st 105. 438 Seiten

Carole L. Glickfeld. Herzweh. Roman. Übersetzt von Charlotte Breuer. st 3541. 448 Seiten

Norbert Gstrein
- Die englischen Jahre. Roman. st 3274. 392 Seiten
- Das Handwerk des Tötens. Roman. st 3729. 357 Seiten

Fattaneh Haj Seyed Javadi. Der Morgen der Trunkenheit. Roman. Übersetzt von Susanne Baghestani. st 3399. 416 Seiten

Peter Handke
- Die drei Versuche. Versuch über die Müdigkeit. Versuch über die Jukebox. Versuch über den geglückten Tag. st 3288. 304 Seiten
- Kindergeschichte. st 3435. 110 Seiten
- Der kurze Brief zum langen Abschied. st 172. 195 Seiten
- Die linkshändige Frau. Erzählung. st 3434. 102 Seiten
- Mein Jahr in der Niemandsbucht. Ein Märchen aus den neuen Zeiten. st 3084. 632 Seiten
- Wunschloses Unglück. Erzählung. st 146. 105 Seiten

NF 265/4/8.05

Christoph Hein
- Der fremde Freund. Drachenblut. Novelle. st 3476. 176 Seiten
- Horns Ende. Roman. st 3479. 320 Seiten
- Landnahme. Roman. st 3729. 357 Seiten
- Willenbrock. Roman. st 3296. 320 Seiten

Marie Hermanson
- Muschelstrand. Roman. Übersetzt von Regine Elsässer. st 3390. 304 Seiten
- Die Schmetterlingsfrau. Roman. Übersetzt von Regine Elsässer. st 3555. 242 Seiten

Hermann Hesse
- Demian. Die Geschichte von Emil Sinclairs Jugend. st 206. 200 Seiten
- Das Glasperlenspiel. Versuch einer Lebensbeschreibung des Magister Ludi Josef Knecht samt Knechts hinterlassenen Schriften. st 2572. 616 Seiten
- Siddhartha. Eine indische Dichtung. st 182. 136 Seiten
- Unterm Rad. Erzählung. st 52. 166 Seiten
- Steppenwolf. Erzählung. st 175. 280 Seiten

Ödön von Horváth
- Geschichten aus dem Wiener Wald. st 3336. 266 Seiten
- Glaube, Liebe, Hoffnung. st 3338. 160 Seiten
- Jugend ohne Gott. st 3345. 182 Seiten
- Kasimir und Karoline. st 3337. 160 Seiten

Bohumil Hrabal. Ich habe den englischen König bedient. Roman. Übersetzt von Karl-Heinz Jähn. st 1754. 301 Seiten

Uwe Johnson
- Jahrestage. Aus dem Leben der Gesine Cresspahl. Einbändige Ausgabe. st 3220. 1728 Seiten
- Mutmassungen über Jakob. st 3128. 308 Seiten

NF 265/5/8.05

James Joyce
- Dubliner. Übersetzt von Dieter E. Zimmer. st 2454. 228 Seiten
- Ulysses. Roman. Übersetzt von Hans Wollschläger. st 2551. 988 Seiten

Franz Kafka
- Amerika. Roman. st 2654. 311 Seiten
- Der Prozeß. Roman. st 2837. 282 Seiten
- Das Schloß. Roman. st 2565. 424 Seiten

André Kaminski. Nächstes Jahr in Jerusalem. Roman. st 1519. 392 Seiten

Ioanna Karystiani. Schattenhochzeit. Roman. Übersetzt von Michaela Prinzinger. st 3702. 400 Seiten

Bodo Kirchhoff. Infanta. Roman. st 1872. 502 Seiten

Wolfgang Koeppen
- Tauben im Gras. Roman. st 601. 210 Seiten
- Der Tod in Rom. Roman. st 241. 187 Seiten
- Das Treibhaus. Roman. st 78. 190 Seiten

Else Lasker-Schüler. Gedichte 1902-1943. st 2790. 439 Seiten

Gert Ledig. Vergeltung. Roman. Mit einem Nachwort von Volker Hage. st 3241. 224 Seiten

Stanisław Lem
- Der futurologische Kongreß. Übersetzt von I. Zimmermann-Göllheim. st 534. 139 Seiten
- Sterntagebücher. Mit Zeichnungen des Autors. Übersetzt von Caesar Rymarowicz. st 459. 478 Seiten

NF 265/6/8.05

Hermann Lenz. Vergangene Gegenwart. Die Eugen-Rapp-Romane. Neun Bände in Kassette. 3000 Seiten. Kartoniert

H. P. Lovecraft. Cthulhu. Geistergeschichten. Übersetzt von H. C. Artmann. Vorwort von Giorgio Manganelli.
st 29. 239 Seiten

Amin Maalouf
- Leo Africanus. Der Sklave des Papstes. Roman. Übersetzt von Bettina Klingler und Nicola Volland. st 3121. 480 Seiten
- Die Reisen des Herrn Baldassare. Roman. Übersetzt von Ina Kronenberger. st 3531. 496 Seiten
- Samarkand. Roman. Übersetzt von Widulind Clerc-Erle. st 3190. 384 Seiten

Andreas Maier
- Klausen. Roman. st 3569. 216 Seiten
- Wäldchestag. Roman. st 3381. 315 Seiten

Angeles Mastretta. Emilia. Roman. Übersetzt von Petra Strien. st 3062. 413 Seiten

Robert Menasse
- Selige Zeiten, brüchige Welt. Roman. st 2312. 374 Seiten
- Sinnliche Gewißheit. Roman. st 2688. 329 Seiten
- Die Vertreibung aus der Hölle. Roman. st 3493. 496 Seiten
- Das war Österreich. Gesammelte Essays zum Land ohne Eigenschaften. st 3691. 464 Seiten

Eduardo Mendoza. Die Stadt der Wunder. Roman. Übersetzt von Peter Schwaar. st 2142. 503 Seiten

Alice Miller
- Am Anfang war Erziehung. st 951. 322 Seiten

NF 265/7/8.05

- Das Drama des begabten Kindes und die Suche nach dem wahren Selbst. st 950. 175 Seiten

Magnus Mills
- Die Herren der Zäune. Roman. Übersetzt von Katharina Böhmer. st 3383. 216 Seiten
- Indien kann warten. Roman. Übersetzt von Katharina Böhmer. st 3565. 230 Seiten

Adolf Muschg
- Der Rote Ritter. Eine Geschichte von Parzivâl. st 2581. 1089 Seiten
- Sutters Glück. Roman. st 3442. 336 Seiten

Cees Nooteboom
- Allerseelen. Übersetzt von Helga van Beuningen. st 3163. 440 Seiten
- Die folgende Geschichte. Übersetzt von Helga van Beuningen. st 2500. 148 Seiten
- Philip und die anderen. Roman. Übersetzt von Helga van Beuningen. st 3661. 168 Seiten
- Rituale. Roman. Übersetzt von Hans Herrfurth. st 2446. 231 Seiten

Kenzaburô Ôe. Eine persönliche Erfahrung. Roman. Übersetzt von Siegfried Schaarschmidt. st 1842. 240 Seiten

Sylvia Plath. Die Glasglocke. Übersetzt von Reinhard Kaiser. st 2854. 262 Seiten

Ulrich Plenzdorf. Die neuen Leiden des jungen W. st 300. 140 Seiten

NF 265/8/8.05